Denonvilliers (Dr C.P.) 1872. Décembre 19

CATALOGUE

DES

LIVRES DE MÉDECINE

ET DE CHIRURGIE

COMPOSANT LA

BIBLIOTHÈQUE DE FEU M. LE Dr C.-P. DENONVILLIERS

Commandeur de la Légion d'honneur
Inspecteur général de l'enseignement supérieur pour l'ordre de la Médecine
Professeur à la Faculté de Médecine de Paris
Membre de l'Académie de Médecine, Chirurgien des hôpitaux de Paris.

La vente aura lieu le jeudi 19 décembre 1872 et les 2 jours suivants
à 7 heures du soir

Rue des Bons-Enfants, 28, Maison Silvestre

SALLE N° 1

Par le ministère de Me BOUSSATON, commissaire-priseur
Rue de la Victoire, 39

PARIS
ADOLPHE LABITTE, LIBRAIRE
DE LA BIBLIOTHÈQUE NATIONALE
4, RUE DE LILLE, 4

1872

CONDITIONS DE LA VENTE.

Elle sera faite expressément au comptant.

Les adjudicataires payeront 5 pour cent en sus des enchères applicables aux frais.

Il y aura exposition de deux heures à quatre heures.

ORDRE DES VACATIONS.

Première vacation. — *Jeudi* 19 *décembre* 1872

Nos 31 à 204

Deuxième vacation. — *Vendredi* 20 *décembre*

Nos 205 à 407

Troisième vacation. — *Samedi* 21 *décembre*

Nos 1 à 30

Livres en Lots

INSTRUMENTS DE CHIRURGIE.

Paris. — Imprimerie Georges Chamerot, rue des Saints-Pères, 19.

CATALOGUE

DES LIVRES

DE MÉDECINE ET DE CHIRURGIE

COMPOSANT LA BIBLIOTHÈQUE

DE

FEU M. LE DOCTEUR DENONVILLIERS

I. DICTIONNAIRES.

1. Dictionnaire des sciences médicales, par une société de médecins et de chirurgiens : MM. Alard, Alibert, Barbier, Fournier, Savary, etc. *Paris, Panckoucke*, 1812-22, 60 vol. in-8, demi-rel. v. ant. n. rog.

2. Dictionnaire de médecine et de chirurgie pratiques, par MM. Andral, Bouvier, Dupuytren, Jolly, etc. *Paris, Gabon et Méquignon-Marvis*, 1829-36, 15 vol. in-8, demi-rel. v. viol.

3. Dictionnaire de médecine, ou Répertoire général des sciences médicales, par MM. Adelon, Béclard, Desormeaux, etc. *Paris, Béchet*, 1832-46, 30 vol. in-8, demi-rel. v. viol.

4. Dictionnaire des études médicales pratiques, par MM. Amussat, Denonvilliers, etc. *Paris,* 1838-39, 4 vol. in-8, demi-rel. v. v.

5. Dictionnaire encyclopédique des sciences médicales. *Paris, V. Masson*, 1864-1872, *première série*, tom. 1 à 12 en 24 vol., *deuxième série*, tom. 1 à 4 en 18, et tom. 5, 1re part. Ensemble 33 vol. in-8, br.

6. Dictionnaire des praticiens, Table analytique des vingt premiers volumes du Journal de médecine et de chirurgie pratiques, par Lucas-Championnière. *Paris,* 1858, in-8, demi-rel. mar. v.

7. Dictionnaire de thérapeutique médicale et chirurgicale, par MM. E. Bouchut et Arm. Després. *Paris, G. Baillière,* 1866-67, 2 tom. en 3 vol. gr. in-8, fig. br.

8. Dictionnaire historique de la médecine ancienne et moderne, par MM. Dezeimeris, Ollivier (d'Angers) et Raige-Delorme. *Paris, Béchet jeune,* 1828-39, 4 vol. in-8, demi-rel. v. f.

II. JOURNAUX.

9. Acta academiæ Cæs. Reg. Josephinæ medico-chirurgicæ Vindobonensis. *Vindobona, apud Rudol. Gräffer,* 1788, in-4, pl. demi-rel. v. f.

10. Bulletins de la Faculté de médecine de Paris, et de la société établie dans son sein. *Paris, impr. de Migneret,* 1812-1819, 6 vol. in-8, bas. et demi-rel.

11. Mémoires de l'Académie royale de chirurgie. *Paris, Ménard,* 1819, 5 vol. — Mémoires sur les sujets proposés pour les prix de l'Académie royale de chirurgie. *Paris, Ménard,* 1819, 4 tom. en 7 vol. ensemble 12 vol. in-8, demi-rel. v. ant.

12. Mémoires de l'Académie royale de médecine. *Paris, Baillière,* 1828-45, 11 vol. in-4, pl. demi-rel. v. viol. — 1846-61, tomes 12 à 25, 14 vol. in-4, br. — Ensemble 25 vol.

13. Éloges lus dans les séances publiques de l'Académie royale de chirurgie de 1750 à 1792, par A. Louis, recueillis et publiés avec des notes, par E.-Fréd. Dubois, d'Amiens. *Paris, J.-B. Baillière,* 1859, in-8, demi-rel. mar. viol.

14. Bulletin de la Société de chirurgie de Paris. *Paris, V. Masson,* 1851-1855, 5 vol. in-8, br.

15. Mémoires de la Société de chirurgie de Paris. *Paris, V. Masson,* 1853, in-4, br.

16. Mémoires de la Société médicale d'émulation, séante à l'école de médecine de Paris. *Paris, Vve Richard et J.-B. Baillière,* 1802-26, 9 vol. in-8, fig. demi-rel. v. viol.

17. Archives générales de médecine, journal publié par une société de médecins. *Paris, Béchet et Labé,* 1823-1868, 111 vol. in-8, demi-rel. v. br. et de 1863 à 1872 en livraisons.

18. Journal de chirurgie, par M. Desault. *Paris,* 1791-92, 4 vol. in-8, fig. demi-rel. v. f.

19. Journal de chirurgie, par M. Malgaigne. *Paris, P. Dupont,* 1843-45, 3 vol. in-8, demi-rel. v. f.

20. Nouveau Journal de médecine, chirurgie, pharmacie, etc., faisant suite au Journal de MM. Corvisart, Leroux et Boyer. *Paris, Migneret*, 1818-21, 12 vol. in-8, v. rac.

21. Journal des progrès des sciences et institutions médicales en Europe, en Amérique, etc. *Paris, Villeret*, 1827-30, 10 vol. in-8, demi-rel. v. bl. et cart.

22. Transactions médicales, journal du médecine pratique et de littérature médicale, rédigé par A. N. Gendrin. *Paris, Baillière*, 1830-33, 14 vol. in-8, demi-rel. bas.

23. L'Expérience, journal de médecine et de chirurgie, publié par MM. Dezeimeris et Littré. *Paris*, 1837-1844, 13 vol. gr. in-8, demi-rel. v. ant.

24. Journal des connaissances médico-chirurgicales, publié par MM. A. Trousseau, J. Lebaudy, H. Gouraud, etc. *Paris*, 1833-45, 12 vol. gr. in-8, et atlas in-4, fig. col. demi-rel. v. ant. et in-fol. en livr.

25. Journal de médecine, par MM. Beau, Fouquier, Trousseau, etc. *Paris, P. Dupont*, 1843-45, 3 vol. in-8, demi-rel. v. f.

26. Journal de médecine, chirurgie et pharmacie. *Paris, Didot*, 1754-1793, 94 vol. in-12, avec la table in-4, demi-rel. bas.

27. La Lancette française, gazette des hôpitaux civils et militaires. Années 1828 à 1845, in-4, demi-rel. bas.

28. Gazette médicale de Paris. Années 1833 à 1845, 13 vol. in-4, demi-rel. v. f.

29. Recueil périodique de la santé de Paris. *Paris, Barrois jeune, Baillière*, an V-1830, 111 vol. et 4 vol. de table, in-8, v. marb. et demi-rel. bas.

30. Archives d'ophthalmologie, par M. A. Jamain. *Paris, Germer-Baillière*, 1853-56, 6 vol. in-8, fig. br.

III. HISTOIRE DE LA MÉDECINE. — DOCTRINES.

31. Recherches critiques et historiques sur l'origine, sur les divers états et sur les progrès de la chirurgie en France (par Quesnay). *Paris, Ch. Osmont*, 1744, in-4, portr. par Humblot et vignettes, v. marb.

32. Histoire de la chirurgie, depuis son origine jusqu'à nos jours, par MM. Dujardin et Peyrille. *Paris, Impr. royale*, 1774-80, 2 vol. in-4, fig. v. marb.

33. Esquisse d'une histoire de la médecine et de la chirurgie, trad. de l'anglais de M. W. Black, par Coray. *Paris, J.-J. Fuchs*, an VI (1798), in-8, bas.

34. Histoire de la médecine depuis son origine jusqu'au XIXe siècle, par Kurt Sprengel, traduite de l'allemand par A.-J.-L. Jourdan et revue par E.-T.-M. Bosquillon. *Paris, Deterville et Béchet*, 1815-20, 9 vol. in-8, v. porph. dent.

35. Cours d'histoire de la médecine et de bibliographie médicale, fait en 1836 et 1837, par H. Kuhnholtz. *Paris, G. Baillière*, 1837, in-8, br.

36. La Médecine, histoire et doctrines, par Ch. Daremberg. *Paris, Didier*, 1865, in-12, br.

37. Histoire des sciences médicales, comprenant l'anatomie, la physiologie, la médecine, la chirurgie et les doctrines de pathologie générale, par Ch. Daremberg. *Paris, J.-B. Baillière*, 1870, 2 vol. in-8, fig. br.

38. Histoire de la médecine et des doctrines médicales, par E. Bouchut. *Paris, G. Baillière*, 1864, in-8, br.

39. Médecine physiologique, par L.-F. Bigeon. *Paris, Derache*, 1845, in-8, br.

40. Influence de la physiologie moderne sur la médecine pratique, par MM. X. Delore et A. Berne. *Paris, V. Masson*, 1864, in-8, br.

41. Essai critique et théorique de philosophie médicale, par S. P. *Paris, A. Delahaye*, 1862, in-8, br.

42. Stahl, philosophe et physiologiste; Études générales sur la doctrine du vitalisme animique de G.-E. Stahl, par T. Blondin. *Paris, J.-B. Baillière*, 1860, in-8, br.

43. De l'Organisme, précédé de réflexions sur l'incrédulité en matière de médecine, par le professeur Rostan. *Paris, P. Asselin*, 1864, in-8, br.

IV. PHYSIOLOGIE.

44. Elementa physiologiæ corporis humani, auctore Alberto V. Haller. *Lausannæ, sumptibus Marci-Michael. Bousquet*, 1757, 9 vol. in-4, portr. v. marb.

45. Alberti V. Haller Opera minora. *Lausannæ, sumptibus Francisci Grasset*, 1762-68, 3 vol. in-4, fig. bas. rac.

46. Œuvres de M. l'abbé Spallanzani. *Paris, Maradan*, 1787-1803, 5 vol. in-8, bas. rac.

47. Nouveaux Éléments de la science de l'homme, par P.-J. Barthez. *Paris, Goujon*, 1806, 2 vol. in-8, bas.

48. Traité complet de physiologie de l'homme, par Fréd. Tiedmann, traduit de l'allemand par A.-J.-L. Jourdan. *Paris, J.-B. Baillière*, 1831, in-8, demi-rel. v. ant.

49. Cours de physiologie générale et comparée, professé à la Faculté des sciences de Paris, par M. Ducrotay de Blainville. *Paris, Germer-Baillière*, 1833, 3 vol. in-8, demi-rel. v. bl.

50. Traité de physiologie, considérée comme science d'observation, par C.-F. Burdach, trad. de l'allemand par A.-J.-L. Jourdan. *Paris, J.-B. Baillière*, 1837-41, 9 vol. in 8, fig. demi-rel. v. v.

51. Traité de physiologie comparée de l'homme et des animaux, par Ant. Duguès. *Montpellier, L. Castel*, 1838-39, 3 vol. in-8, portr. et fig. demi-rel. v. f.

52. Manuel de physiologie, par J. Müller, trad. de l'allemand par A.-J.-L. Jourdan. *Paris, J.-B. Baillière*, 1845, 2 vol. in-8, fig. demi-rel. mar. v.

53. Cours de physiologie, fait à la Faculté de médecine de Paris, par P. Bérard. *Paris, Labé*, 1848-50, 2 vol. in-8, br.

54. Traité élémentaire de physiologie humaine comprenant les principales notions de la physiologie comparée, par J. Béclard. *Paris, Labé*, 1855, in-8, fig. demi-rel. v. v.

55. Traité de physiologie, par F.-A. Longet, *Paris, V. Masson*, 1859-61 (Tome I, 1re partie, fascicule 3, 2e part. fascicule 2 et tome II), in-8, fig. br.

56. Traité de physiologie, par F.-A. Longet. *Paris, G. Baillière*, 1868-69, 3 vol. gr. in-8, fig. demi-rel. v. f.

57. Mouvement circulaire de la matière dans les trois règnes, par F.-A. Longet. *Paris, G. Baillière*, 1866, in-4, cart.

58. Anatomie et physiologie du système nerveux de l'homme et des animaux vertébrés, par F.-A. Longet. *Paris, Fortin*, 1842, 2 vol. in-8, planches, demi-rel. v. ant.

59. Recherches expérimentales sur les propriétés et les fonctions du système nerveux dans les animaux vertébrés, par P. Flourens. *Paris, Crevot*, 1824, in-8, br.

60. Leçons sur la physiologie générale et comparée du système nerneux, par A. Vulpian. *Paris, Germer-Baillière*, 1866, in-8, demi-rel. mar.

61. Optique physiologique, par H. Helmholtz, traduite par Em. Javal et N.-Th. Klein. *Paris, V. Masson*, 1867, grand in-8, fig. et atlas, br.

62. Recherches physiologiques et chimiques pour servir à l'histoire de la digestion, par MM. Leuret et Lassaigne. *Paris*, *Huzard*, 1825, in-8, br.

63. Recherches expérimentales, physiologiques et chimiques sur la digestion, par Fréd. Tiedemann et Léop. Gmelin, trad. de l'allemand par A.-J.-L. Jourdan. *Paris*, *J.-B. Baillière*, 1827, 2 vol. in-8, demi-rel. v. f.

64. Traité analytique de la digestion considérée particulièrement dans l'homme et dans les animaux vertébrés, par N. Blondlot. *Paris*, *Masson*, 1843, in-8, br.

65. Physiologie de l'espèce. Histoire de la génération de l'homme, par G. Grimaud de Caux et G.-J. Martin Saint-Ange. *Paris*, *H. Cousin*, 1837, in-4 et atlas, demi-rel. v. f.

66. Histoire générale et pratique du développement des corps organisés, par M. Coste. *Paris*, *V. Masson*, 1849, tome I, 1er et 2e fascicule in-4, br.

67. Recherches sur la génération des mammifères et la formation des embryons, par MM. Coste et Delpech. *Paris*, *J. Rouvier*, *s. d.*, in-4, fig. demi-rel. v. f.

68. Hétérogénie, ou Traité de la génération spontanée basé sur de nouvelles expériences, par F.-A. Pouchet. *Paris*, *J.-B. Baillière*, 1859, in-8, pl. br.

69. Du Mouvement dans les fonctions de la vie, par E.-J. Marey. *Paris*, *G. Baillière*, 1868, in-8, fig. br.

70. De l'Influence des agents physiques sur la vie, par W.-F. Edward. *Paris*, *Crochard*, 1824, in-8, pl. demi-rel. v. f.

71. Lois de l'organisme vivant, ou application des lois physico-chimiques à la physiologie, par le docteur A. Foucault. *Paris*, *Rouen frères*, 1829, 2 vol. in-8, br.

72. Essai sur les principaux points de la physiologie, par C.-F. Boucher. *Paris*, *G. Baillière*, 1856, in-8, br.

73. Œuvres de C. Legallois. *Paris*, *le Rouge*, 1830, 2 tom. en 1 vol. in-8, demi-rel. v. bl.

74. Recherches de physiologie et de chimie pathologiques, pour faire suite à celles de Bichat sur la vie et la mort, par P.-H. Nysten. *Paris*, *J.-A. Brosson*, 1811, in-8, v. rac.

75. Thèses de physiologie. *Lugd. Batavorum*, *apud Joannem Bos*, 1745-1757, 2 vol. in-4, fig. demi-rel. v. ant.

76. Thèses sur divers sujets de physiologie, par MM. Baudin, Brown, Debrou, Maissiat, Pressat, etc. *Paris*, *Rignoux*, 1837-46, in-4, demi-rel. v. f.

V. ANATOMIE HUMAINE ET COMPARÉE.

77. Kerckringii (Theod.) Spicilecium anatomicum. *Amstelodami, sumptibus Andreæ Frisii*, 1670, in-4, fig. demi-rel. v. fauve.

78. Viri celeberrimi Antonii Mariæ Valsalvæ opera, hoc est tractatus de aure humana... et dissertationes anatomicæ... omnia recensuit Joannes Baptista Morgagnus. *Venetiis, apud Franciscum Pitteri, s. d.*, 2 volumes in-4, fig. v. marb.

79. J. B. Morgagni Foroliviensis, in Patavino gymnasio primarii, anatomes professoris et præsidis, adversaria anatomica omnia. *Lugduni Batavorum, apud Johannem Arnoldum Laugerak*, 1723, in-4, v. gr.

80. Ruyschii (Fr.) Opera omnia anatomico-medico-chirurgica. *Amstelodami, apud Janssonio-Waesbergios*, 1726-37, 3 vol. in-4, fig. v. gr.

81. Haller (Albertus). Disputationum anatomicarum selecta. *Gottingæ, apud Abram Vandenhoeck*, 1746-52, 8 vol. in-4, fig. v. f. fil.

82. Bibliotheca anatomica, auctore Alberto von Haller. *Tiguri, apud Orell. Gessner*, 1774-77, 2 vol. in-4, v. marb.

83. B. S. Albini Academicæ annotationes, continet anatomica, physiologica, zoographica, phytographica. *Leidæ, apud J. et H. Verbeck*, 1754, 2 vol. in-4, fig. v. marb.

84. J. E. Neubauer. Opera anatomica collecta. *Francofurti et Lipsiæ, apud J. Ch. Krieger*, 1786, in-4, fig. demi-rel. v. vert.

85. S. Th. Sommering, de Corporis humani fabrica. *Trajecti ad Mœnum, sumptibus Varrentrappii et Wenneri*, 1794-1801, 6 vol. in-8, bas. rac.

86. Philosophie anatomique par M. le chev. Geoffroy Saint-Hilaire. *Paris, Méquignon-Marvis*, 1818-22, 2 vol. in-8 et atlas in-4, demi-rel. v. f.

87. Œuvres de Xavier Bichat. *Paris, Brosson et Gabon*, 1821-25, 12 vol. in-8, portr. demi-rel. v. f.

88. Manuel d'anatomie générale, descriptive et pathologique, par J.-F. Meckel, traduit de l'allemand par A.-J.-L. Jourdan. *Paris, J.-B. Baillière*, 1825, 3 vol. in-8, demi-rel. bas.

89. Manuel d'anatomie générale appliquée à la physiologie et à la pathologie, par L. Mandl. *Paris, J.-B. Baillière*, 1843, in-8, pl. demi-rel. v. ant.

90. Éléments d'anatomie générale, par P.-A. Béclard (d'Angers). *Paris, Labé,* 1852, in-8, portr. demi-rel. v. f.

91. Traité d'anatomie générale, par L.-A. Segond. *Paris, V. Masson,* 1854, in-8, demi-rel. mar. v.

92. Anatomie du corps humain, par M. J. Palfin. *Paris, Guil. Cavelier,* 1726, 2 part. en 1 vol. in-8, fig. v. gr.

93. Exposition anatomique de la structure du corps humain, par J.-B. Winslow. *Paris, Guil. Desprez,* 1732, in-4, v. gr.

94. Traité complet d'anatomie ou description de toutes les parties du corps humain, par M. Sabatier. *Paris, P.-Th. Barrois,* 1781, 3 vol. in-8, bas.

95. Cours d'anatomie médicale, ou éléments de l'anatomie de l'homme, par Ant. Portal. *Paris, Baudouin,* 1803, 5 vol. in-8, demi-rel. v. v. n. rog.

96. Traité complet d'anatomie descriptive et raisonnée, par P.-P. Broc. *Paris, Just Rouvier,* 1833, 3 vol. in-8, demi-rel. v. ant.

97. Traité d'anatomie humaine, ou description méthodique de toutes les parties du corps humain, par J.-B.-F. Froment. *Paris, Méquignon-Marvis,* 1846, 2 vol. in-8, demi-rel. v. f.

98. Encyclopédie anatomique, trad. de l'allemand, par A.-J.-L. Jourdan. *Paris, J.-B. Baillière,* 1843-47, 7 vol. in-8, pl. et 2 atlas in-4, demi-rel. mar. r. et 1 vol. br.

99. Traité d'anatomie descriptive, par J. Cruveilhier. *Paris, Labé,* 1843-45, 4 vol. in-8, demi-rel. v. viol.

100. Manuel d'anatomie, par J.-N. Marjolin. *Paris, Méquignon-Marvis,* 1815, 2 vol. in-8, demi-rel. v. r.

101. Cours d'études anatomiques, par J. Cruveilhier. *Paris, Béchet,* 1830, in-8, demi-rel. v. viol.

102. Traité d'anatomie descriptive, par J. Cruveilhier. *Paris, Labé,* 1851, 4 vol. in-8, demi-rel. v. f.

103. Traité d'anatomie descriptive, par MM. J. Cruveilhier et Marc Sée. *Paris, P. Asselin,* 1862-68. Tome 1er, 1re et 2e part. (double). — Tom. 2, 1re et 2e part. — Tom. 3, 1re part. Ensemble, 7 vol. in-8, fig. br.

104. Traité d'anatomie descriptive, par Ph.-C. Sappey. *Paris, A. Delahaye,* 1866-1872, 3 tom. en 6 vol. gr. in-8, fig. br.

105. Anatomie descriptive et dissection, par le docteur J.-A. Fort. *Paris, Delahaye,* 1868, 3 vol. in-12, fig. demi-rel. mar. br.

106. Planches anatomiques à l'usage des jeunes gens qui se destinent à l'étude de la chirurgie, de la médecine, de la

peinture et de la sculpture, par M. Chaussier. *Paris, Panckoucke*, 1823, in-4, fig. demi-rel. v. f.

107. Anatomie des formes extérieures du corps humain, appliquée à la peinture, à la sculpture et à la chirurgie, par P.-N. Gerdy. *Paris, Béchet*, 1829, in-8, fig. demi-rel. v. v.

108. Traité complet d'ostéologie, rédigé d'après les leçons de Desault, par H. Gavard. *Paris, Méquignon*, 1805, 2 vol. in-8, cart.

109. Principes d'ostéologie comparée, ou Recherches sur l'archétype et les homologies du squelette vertébré, par Richard Ovven. *Paris, J.-B. Baillière*, 1855, in-8, pl. demi-rel. mar. v.

110. Système méthodique de nomenclature et de classification des muscles du corps humain, par C.-L. Dumas. *Montpellier, Bonnariq, an V*, 1797, in-4, demi-rel. v. f.

111. Des Anomalies artérielles, considérées dans leurs rapports avec la pathologie et les opérations chirurgicales, par J.-M. Dubrueil. *Paris, J.-B. Baillière*, 1847, in-8, br. et atlas in-4, col. cart.

112. Traité de splanchnologie suivant la méthode de Desault, par H. Gavard. *Paris, Méquignon*, 1809, in-8, bas.

113. Anatomie des systèmes nerveux des animaux à vertèbres, appliquée à la physiologie et à la zoologie, par A. Desmoulins. *Paris, Méquignon-Marvis*, 1825, 2 vol. in-8, et atlas in-4, demi-rel. v. bl.

114. Anatomie comparée du cerveau, dans les quatre classes des animaux vertébrés, appliquée à la physiologie et à la pathologie du système nerveux, par E.-R.A. Serres. *Paris, Gabon*, 1827, 2 vol. in-8, avec atlas in-4, demi-rel. v. bl.

115. Névrologie ou Description anatomique des nerfs du corps humain, par J. Swan, traduit de l'anglais par E. Chassaignac. *Paris, J.-B. Baillière*, 1838, in-4, 25 pl. demi-rel. v. f.

116. Études sur le système nerveux, par A.-J. Jobert (de Lamballe). *Paris, Aug. Devénois*, 1838, 2 tom. en 1 vol. in-8, demi-rel. v. ant.

117. Exposition anatomique de l'organisation du centre nerveux dans les quatre classes d'animaux vertébrés, par Natalis Guillot. *Bruxelles, Hayez*, 1844, in-4, fig. demi-rel. mar. r.

118. Névrologie, ou Description et iconographie du système nerveux et des organes des sens de l'homme avec leur mode de préparation, par MM. Ludovic Hirschfeld et J.-B.

Léveillé. *Paris*, *J.-B. Baillière*, 1853, gr. in-8, fig. demi-rel. mar. bl.

119. Descriptio anatomica oculi humani iconibus illustrata, auctore Johanne Gottfried Zinn. *Gottingæ*, *Abraham Vandenhoeck*, 1755, in-4, fig. v. marb. fil.

120. Tractatus quatuor anatomici de aure humana tribus figurarum tabulis illustrati, autore Joanne Friderico Cassebohne. *Halæ Magdeburgicæ, sumptibus Orphanatrophei*, 1734, 2 part. en 1 vol. in-4, fig. v. marb.

121. Anatomisk Beskrivelse over et ved nogle dyr-arters uterus undersögt glandulöst organ af doct. H. Gartner. *Kiöbenhavn*, 1822, in-4, fig. cart.

122. Concours pour la chaire d'anatomie, thèses soutenues par MM. Breschet, Bérard, Chassaignac, Denonvilliers, Giraldès, Gosselin, Sanson, etc. *Paris*, 1836-1846, 2 vol. in-4, fig. demi-rel. mar. v. et v. viol.

123. Concours pour la chaire d'anatomie et physiologie, thèses soutenues par MM. Béclard, Baillarger, Breschet, Denonvilliers, Duvernoy, Gelez, Hamel, Montargis, Sappey, etc. *Paris*, 1819-1846, 4 vol. in-4, fig. demi-rel. v. bl. et bas.

124. Concours pour la chaire d'anatomie et physiologie, thèses soutenues par MM. Liégois, Rambaud, Marc Sée, Sabatier, etc. *Paris*, 1860-1863-1866, in-4, fig. demi-rel. v. bl.

125. Recherches d'anatomie et de physiologie, par P.-N. Gerdy. *Paris*, *Cosson*, 1842, in-8, fig. br.

126. Leçons élémentaires d'anatomie et de physiologie humaine et comparée, par le docteur Auzoux. *Paris*, *Labé*, 1858, in-8, fig. br.

127. Leçons d'anatomie comparée de Georges Cuvier. *Paris*, *Crochard*, 1835-46, 8 vol. in-8, demi-rel. mar. r.

128. Traité général d'anatomie comparée, par J.-F. Meckel, trad. de l'allemand par MM. Riester et Alph. Sanson. *Paris*, *Villeret*, 1828-38, 10 vol. in-8, demi-rel. v. f.

29. Traité pratique et théorique d'anatomie comparative, par H. Straus-Durckleim. *Paris*, *Méquignon-Marvis*, 1842, 2 vol. in-8, demi-rel. v. f.

130. Anatomie comparée du système dentaire chez l'homme et chez les principaux animaux, par L.-F. Emmanuel Rousseau. *Paris*, *J.-B. Baillière*, 1839, gr. in-8, pap. de Holl. fig. demi-rel. v. viol.

131. Traité sur les dents, contenant la physiologie, la pathologie et l'art opératoire, par M. le Ch. Joseph Lemaire. *Paris*, *Béchet*, 1822-24, 3 vol. in-4, portr. mar. v. comp. tr. dor. (*Thouvenin*.)

VI. HISTOLOGIE.

132. Du Microscope et des injections dans leurs applications à l'anatomie et à la pathologie, par le docteur Ch. Robin. *Paris, J.-B. Baillière*, 1849, in-8, fig. br.

133. Programme du cours d'histologie professé à la Faculté de médecine de Paris, par Ch. Robin. *Paris, J.-B. Baillière*, 1864, in-8, br.

134. Éléments d'histologie humaine par A. Kölliker, trad. par MM. J. Béclard et M. Sée. *Paris, V. Masson*, 1856, gr. in-8, fig. demi-rel. mar. v.

135. Traité élémentaire d'histologie par J.-A. Fort. *Paris, A. Delahaye*, 1863, in-8, br.

VII. ANATOMIE PATHOLOGIQUE.

136. Recherches anatomiques sur le siége et les causes des maladies, par J.-B. Morgagni, traduites du latin par MM. A. Desormeaux et J.-P. Destouet. *Paris, Caille et Béchet jeune*, 1820-24, 10 vol. in-8, demi-rel. v. f.

137. Précis d'anatomie pathologique, par G. Andral. *Paris, Gabon*, 1829, 3 vol. in-8, demi-rel. v. bl.

138. Muséum d'anatomie pathologique de la Faculté de médecine de Paris, ou Musée Dupuytren (par MM. Denonvilliers et Lacroix). *Paris, Béchet*, 1842, in-8, et atlas in-4, demi-rel. v. f.

139. Nouveau Catalogue du Musée d'anatomie normale et pathologique de la Faculté de médecine de Strasbourg, par C.-H. Hermann. *Strasbourg, Berger-Levrault*, 1843, in-8, cartonné.

140. Traité d'anatomie pathologique générale, par J. Cruveilhier. *Paris, J.-B. Baillière*, 1849-64, 5 vol. in-8, demi-rel. mar. r.

141. Manuel d'anatomie pathologique générale et appliquée, contenant la description et le catalogue du Musée Dupuytren, par Ch. Houel. *Paris, G. Baillière*, 1857, in-12, demi-rel. mar. viol.

VIII. ANATOMIE CHIRURGICALE ET MÉDECINE OPÉRATOIRE. THÈSES DE CHIRURGIE.

142. Traité d'anatomie topographique, ou anatomie des régions du corps humain, par Ph.-Fréd. Blandin. *Paris, Germer-Baillière*, 1834, in-8, avec atlas in-4, demi-rel. v. brun.

143. Traité complet d'anatomie chirurgicale générale et topographique du corps humain, par Alf.-A.-L.-M. Velpeau. *Paris, Méquignon-Marvis*, 1837, 2 vol. in-8, avec atlas in-4, demi-rel. v. ant.

144. Traité d'anatomie chirurgicale et de chirurgie expérimentale, par J.-F. Malgaigne. *Paris, J.-B. Baillière*, 1838, 2 vol. in-8, demi-rel. v. ant.

145. Traité d'anatomie chirurgicale, par F.-J. Jarjavay. *Paris, Labé*, 1852-54, 2 vol. in-8, demi-rel. mar. br.

146. Traité d'anatomie chirurgicale et de médecine opératoire, par P.-N.-F. Malle. *Paris, Delahays*, 1855, in-8, à 2 col. demi-rel. mar. v.

147. Anatomie chirurgicale homalographique, par le docteur E.-Q. Le Gendre. *Paris, J.-B. Baillière*, 1858, in-fol. fig. cartonné.

148. Traité pratique d'anatomie médico-chirurgicale, par A. Richet. *Paris, F. Chamerot*, 1860, in-8, fig. br.

149. Traité pratique d'anatomie médico-chirurgicale, par A. Richet. *Paris, Chamerot*, 1866, in-8, fig. demi-rel. mar. bl.

150. Nouveaux Éléments d'anatomie chirurgicale, par Benj. Anger. *Paris, J.-B. Baillière*, 1869, gr. in-8, fig. br. et atlas in-4, col. cart.

151. Précis iconographique de médecine opératoire et d'anatomie chirurgicale, par MM. Cl. Bernard et Ch. Huette, dessins d'après nature, par M. J.-B. l'Eveillé, gr. au burin sur acier par M. Davesne. *Paris, Méquignon-Marvis*, 1846, in-12, fig. col. demi-rel. mar. n. n. rog.

152. Manuel de petite chirurgie, par M. A. Jamain. *Paris, G. Baillière*, 1853, in-12, fig. demi-rel. mar. v.

153. Précis d'opérations de chirurgie, par M. le Blanc. *Paris, d'Houry*, 1775, 2 vol. in-8, fig. mar. r. fil. tr. dor. (*Aux armes.*)

154. L'Argenal de chirurgie de Jean Scultet. *Lion, Léonard de la Roche*, 1712, in-4, fig. en taille-douce, v. marb.

155. Nouveaux Éléments de médecine opératoire, par Alf.-A.-L.-M. Velpeau. *Paris, J.-B. Baillière,* 1839, 4 vol. in-8, fig. et atlas in-4, demi-rel. mar. bl.

156. Précis de médecine opératoire, par J. Lisfranc. *Paris, Béchet jeune*, 1845-47, 3 vol. in-8, demi-rel. v. f.

157. Éléments de chirurgie opératoire, par Alphonse Guérin, 3e édition. *Paris, Chamerot,* 1864, in-12, fig. demi-rel. mar. v.

158. Manuel de médecine opératoire, par J.-F. Malgaigne, 7e édition. *Paris, G. Baillière*, 1861, in-8, demi-rel. mar. olive.

159. La Méthode ovalaire, ou Nouvelle Méthode pour amputer dans les articulations, par H. Scoutetten. *Paris, Mlle Delaunay,* 1827, in-4, pl. demi-rel. v. br.

160. Thèses de chirurgie. *Paris*, 1817-1846, 21 vol. in-4, fig. demi-rel. v. f.

161. Concours pour l'agrégation en chirurgie militaire, thèses soutenues par MM. Decroso, Fenech, Gilet, Pierron, Ricard, etc. *Paris*, 1812, in-4, demi-rel. v. v.

162. Concours pour l'agrégation en chirurgie. Thèses soutenues par MM. Boisset, Camus, Casamayor, Denonvilliers, Gerdy, Fournier, Nélaton, etc. *Paris*, 1822-1839, 2 vol. in-4, fig. demi-rel. v. v. et bas.

163. Concours pour la chaire de chirurgie. Thèses soutenues par MM. Gerdy, Sanson, Velpeau, Berard, Blandin, Lepelletier et Dubled. *Paris*, 1833, in-4, fig. demi-rel.

164. Concours pour l'agréation en chirurgie et en accouchements. Thèses soutenues par MM. Blanchet, Béraud, Foucher, Guyon, Legendre, Tarnier, etc. *Paris*, 1857, 1860, 1863, 1866, 1869, 5 vol. in-4, fig. demi-rel. v. f.

165. Mémoires de chirurgie et d'anatomie, par MM. L.-J. Sanson, A. Nivet, Gerdy, Alm. Lepelletier, etc. *Paris, J.-B. Baillière,* 1834-45, 6 vol. in-8, fig. demi-rel. v. v.

166. Concours pour la chaire de médecine opératoire et appareils. Thèses soutenues par MM. Malgaigne, Chassaignac, Gosselin, Jarjavay, Nélaton, Sanson, etc. *Paris*, 1850, 1851, 2 vol. in-4, fig. demi-rel. v. f.

IX. CHIRURGIE GÉNÉRALE.

167. Chirurgie de Paul d'Égine, texte grec avec traduction française en regard, par René Briau. *Paris, veuve Masson*, 1855, in-8, demi-rel. mar. viol.

168. OEuvres complètes d'Ambroise Paré. In-fol. fig. demi-rel. bas.

169. Lieutaud (Jos.). Historia anatomico-medica. *Parisiis, apud Vincent*, 1767, 2 vol. in-4, demi-rel. v. ant.

170. Astruc. Œuvres. *Paris*, *P.-Guil. Cavelier*, 1759-66, 9 vol. in-12, fig. v. marbr.

171. Œuvres complètes de John Hunter, trad. de l'anglais avec des notes par G. Richelot. *Paris*, *Labé*, *F. Didot*, 1839-41, 4 vol. in-8 et atlas in-4, demi-rel. v. f.

172. Œuvres chirurgicales complètes de sir Astley Cooper; trad. de l'anglais avec des notes par MM. E. Chassaignac et G. Richelot. *Paris, Béchet,* 1835, gr. in-8 à 2 col. demi-rel. v. f.

173. Encyclopédie méthodique, chirurgie, par M. de La Roche. *Paris, Panckoucke,* 1790-92, 2 vol. in-4 et atlas, demi-rel. v. f.

174. Cours complet de chirurgie théorique et pratique, par Benj. Bell, trad. de l'anglais par Ed. Bosquillon. *Paris*, *Th. Barrois*, *an IV* (1796), 6 tom. en 3 vol. in-8, fig. demi-rel. v. v. — Traité des plaies, ou Considérations théoriques et pratiques sur ces maladies, par le même, trad. de l'anglais par J.-L.-E. Estor. *Paris*, *Gabon*, 1825, in-8, fig. demi-rel. v. v.

175. Institution de chirurgie, trad. du latin de M. L. Heister par M. Paul. *Avignon*, *J.-J. Niel,* 1770-73, 3 vol. in-4, fig. bas rac.

176. Cours de pathologie et de thérapeutique chirurgicales, par M. Hévin. *Paris,* 1792, 2 part. en 1 vol. in-8, portr. demi-rel.

177. Nosographie et thérapeutique chirurgicales, par M. le Ch. Richerand. *Paris, Caille*, 1821, 4 vol. in-8, fig. demi-rel. v. viol. — Histoire des progrès récents de la chirurgie, par le même. *Paris, Béchet*, 1825, in-8, demi-rel. bas.

178. Traité des maladies chirurgicales et des opérations qui leur conviennent, par le baron Boyer. *Paris*, *Migneret*, 1822-26, 11 vol. in-8, demi-rel. v. ant.

179. Traité des maladies chirurgicales et des opérations qui leur conviennent, par le baron Boyer, 5e édition. *Paris*, *Labé*, 1844-53, 7 vol. in-8, portr. demi-rel. v. f.

180. Abrégé de pathologie médico-chirurgicale, ou Résumé analytique de médecine et de chirurgie, par M. E. Triquet. *Paris*, *Labé*, 1852, 2 vol. in-8. br.

181. Compendium de chirurgie pratique, ou Traité complet des maladies chirurgicales, par MM. A. Bérard et C. De-

nonvilliers. *Paris*, *Labé et P. Asselin*, 1845-1861, 3 tom. en 15 livr. gr. in-8, br.

182. Éléments de pathologie chirurgicale, par A. Nélaton. *Paris*, *G. Baillière*, 1844-59, 5 vol. in-8, fig. demi-rel. mar. v.

183. Éléments de pathologie chirurgicale, par A. Nélaton. *Paris*, *G. Baillière*, 1844-49, 4 vol. in-8, br.

184. Traité de pathologie externe et de médecine opératoire, par Aug. Vidal (de Cassis). *Paris*, *J.-B. Baillière*, 1846, 5 vol. in-8, fig. demi-rel. mar. n.

185. Traité élémentaire de pathologie chirurgicale, par Samuel Cooper. *Paris*, *A. Delahays*, 1855, in-8, br.

186. Traité élémentaire de pathologie externe, par E. Follin. *Paris*, *V. Masson*, 1861-63, 2 vol. in-8, fig. br.

187. Traité du diagnostic des maladies chirurgicales, par Em. Foucher. *Paris*, *A. Delahaye*, 1866, tome Ier, in-8, fig. demi-rel. mar. br.

188. Traité du diagnostic des maladies chirurgicales. Diagnostic des tumeurs, par Arm. Després. *Paris*, *A. Delahaye*, 1868, in-8, fig. demi-rel. mar. v.

189. Traité iconographique des maladies chirurgicales, par Benj. Auger, première monographie, luxations et fractures. *Paris*, *G. Baillière*, 1865, livr. I à VII, in-4, fig. color. br.

190. C. Trioeu. Observationum medico-chirurgicarum fasciculus. *Lugd. Batavor.*, *apud Petrum van der Eyk*, 1743, in-4, fig. v. marb.

191. Observations et Histoires chirurgiques, tirées des œuvres latines (de Tulpius, Rhodius, Laforêt, F. Plater, de Hildan, etc.) et trad. en françois. *Genève*, *J.-Ant. Chouët*, 1679, 3 vol. in-4, vél.

192. Opuscules de chirurgie, par M. Morand. *Paris*, *Guil. Desprez*, 1768, 2 part. en 1 vol. in-4, demi-rel.

193. Clinique chirurgicale, ou Mémoires et Observations de chirurgie clinique, par Ph.-J. Pelletan. *Paris*, *J.-G. Dentu*, 1810, 3 vol. in-8, fig. demi-rel. bas.

194. Mémoires de chirurgie militaire et campagnes de D.-J. Larrey. *Paris*, *J. Smith*, 1812-17, 4 vol. in-8, bas. — Recueil de mémoires de chirurgie, par le même. *Paris*, *Compère*, 1821, in-8, demi-rel. v. f. — Relation de campagnes et voyages de 1815 à 1840, par le même. *Paris*, *J.-B. Baillière*, 1841, in-8, demi-rel. v. f.

195. Leçons de clinique chirurgicale, par M. le baron Dupuytren. *Paris, G. Baillière*, 1839, 6 vol. in-8, portr. demi-rel. v. bl.

196. Opuscules, par F. Ribes, père. *Paris*, 1827-31, in-8, fig. demi-rel. v. v.

197. Mémoires et Observations d'anatomie, de physiologie, de pathologie et de chirurgie, par le docteur F. Ribes. *Paris, J.-B. Baillière*, 1841-45, 3 vol. in-8, fig. demi-rel. v. f.

198. La Chirurgie simplifiée, ou Mémoires pour servir à la réforme et au perfectionnement de la médecine opératoire, par Mathias Mayor. *Paris, Béchet et Labé*, 1841, 2 vol. in-8, pl. demi-rel. v. f.

199. Mélanges de chirurgie, et comptes-rendus de la pratique chirurgicale de l'Hôtel-Dieu de Lyon, par L. Jauson. *Paris, J.-B. Baillière*, 1844, in-8, br.

200. Quarante Années de pratique chirurgicale, par Ph.-J. Roux. *Paris, veuve Masson*, 1854-55, 2 vol. in-8, demi-rel. mar. olive.

201. Tribut à la chirurgie, ou Mémoires sur divers sujets de cette science, par E.-F. Buisson. *Paris, J.-B. Baillière*, 1858-61, 2 tom. en 1 vol. in-4, fig. demi-rel. mar. br.

202. Leçons de clinique chirurgicale, professées à l'Hôtel-Dieu de Paris, par M. Dolbeau. *Paris, V. Masson*, 1867, in-8, demi-rel. mar. r.

Avec envoi autographe de l'auteur à M. Denonvilliers.

203. Rapport sur les progrès de la chirurgie, par MM. Denonvilliers, Nélaton, Velpeau, Félix Guyon, Léon Labbé. *Paris, Impr. impériale*, 1867, gr. in-8, br.

204. Arsenal de la chirurgie contemporaine, par G. Gaujot. *Paris, J.-B. Baillière*, 1867, (tome 1er) in-8, fig. br.

X. CHIRURGIE SPÉCIALE.

205. L'Œconomie chirurgicale pour le r'habillement des os du corps humain, contenant l'ostéologie, la nosostéologie et l'apocatastostéologie, par D. Fournier. *Paris, Fr. Clouzier*, 1671, in-4, fig. v. gr. tr. dor.

206. De l'Orthomorphie, par rapport à l'espèce humaine, recherches anatomico-pathologiques, par J. Delpech. *Paris, Gabon*, 1828, 2 tom. en 1 vol. in-8, demi-rel. v. f., et atlas in-4.

207. Recherches sur les maladies des organes du mouvement, par P.-N. Gerdy. *Paris*, 1855, in-8, br.

208. Leçons sur les maladies chroniques de l'appareil locomoteur... par M. le docteur H. Bouvier. *Paris, J.-B. Baillière*, 1858, in-8, demi-rel. mar. v.

209. Leçons d'orthopédie, professées à la Faculté de médecice de Paris, par J.-F. Malgaigne. *Paris, Delahaye*, 1862, in-8, demi-rel. mar. v.

210. Traité des fractures et des luxations, par J.-F. Malgaigne. *Paris, J.-B. Baillière*, 1847, 2 vol. in-8, et atlas in-4, demi-rel. mar. v.

211. Traité clinique et pratique des fractures chez les enfants, par MM. Coulon et Marjolin. *Paris, Savy*, 1861, in-8, broché.

212. Traité de thérapeutique des maladies articulaires, par A. Bonnet. *Paris, J.-B. Baillière*, 1853, in-8, fig. demi-rel. v. f.

213. Traités des maladies des articulations, par A. Bonnet. *Paris, J.-B. Baillière*, 1845, 2 vol. in-8, et atlas in-4, demi-rel. v. v.

214. De la Scapulalgie, et de la résection scapulo-humérale, par J. Péan. *Paris, A Delahaye*, 1860, gr. in-8, fig. br.

215. Essai et observations sur la manière de réduire les luxations spontanées ou symptomatiques de l'articulation ilio-fémorale, par MM. Fr. Humbert et N. Jacquier. *Paris, J.-B. Baillière*, 1835, in-8, et atlas in-4, demi-rel. v. ant.

216. Traité expérimental et clinique de la régénération des os et de la production artificielle du tissu osseux, par L. Ollier. *Paris, V. Masson*, 1867, 2 tom. en 1 vol. in-8, fig. demi-rel. mar. bl.

217. D'une Nouvelle Espèce de tumeurs bénignes des os, ou tumeurs à myéloplaxes, par le Dr Eugène Nélaton. *Paris, A. Delahaye*, 1860, gr. in-8, br.

218. Histoire naturelle et maladies des dents de l'espèce humaine, par Joseph Fox, trad. de l'anglais par le chevalier Lemaire. *Paris, Béchet jeune*, 1821, in-4, fig. demi-rel. v. f.

219. Recherches sur l'introduction accidentelle de l'air dans les veines, par J.-J. Amussat. *Paris, G. Baillière*, 1839, in-8, demi-rel. v. v.

220. On aneuvrism, and its cure by a new operation, by James Wardrop. *London, Longman*, 1828, in-8, pl. demi-rel. v. ant.

221. Des Anévrysmes et de leur traitement, par Paul Broca. *Paris, Labé*, 1856, in-8, demi-rel. mar. v.

222. Traité pratique des hernies, ou Mémoires anatomiques et chirurgicaux sur ces maladies, par Ant. Scarpa. *Paris, Gabon*, 1823, in-8, fig. demi-rel. v. r. et atlas in-4.

223. Leçons sur les hernies abdominales faites à la Faculté de médecine de Paris, par le professeur L. Gosselin. *Paris, A. Delahaye*, 1865, in-8, fig. demi-rel. mar. olive.

224. Traité des maladies des voies urinaires, par Chopart. *Paris, G. Baillière*, 1830, 2 vol. in-8, demi-rel. v. viol.

225. Traité sur les polypes, et autres carnosités du canal de l'urèthre et de la vessie, par P.-L.-A. Nicod. *Paris*, 1835, in-8, br.

226. Maladies des organes génitaux et urinaires, par J. Moulinié. *Paris, G. Baillière*, 1839, 2 tom. en 1 vol. in-8, fig. demi-rel. v. f.

227. Les Pertes séminales involontaires, par M. Lallemant. *Paris, Béchet*, 1836-42, 3 vol. in-8, demi-rel. v. v.

228. Recherches sur la nature et le traitement d'une cause fréquente et peu connue de rétention d'urine, par L.-Aug. Mercier. *Paris, Labé*, 1844, in-8, br.

229. De la Lithotripsie sans fragments au moyen de deux procédés de l'extraction immédiate ou de la pulvérisation des pierres vésicales par les voies naturelles, par le baron Heurteloup. *Paris, Labé*, 1846, in-8.

230. De l'Endoscope et de ses applications au diagnostic et au traitement des affections de l'urèthre et de la vessie, par A.-J. Desormeaux. *Paris, J.-B. Baillière*, 1865, in-8, fig. broché.

231. Trattato pratico degli stringimenti organici dell' uretra... del Dr Antonino Toscano. *Catania*, 1867, in-8, fig. broché.

232. Traité pratique des maladies du testicule du cordon spermatique et du scrotum, par T.-B. Curling, trad. de l'anglais par L. Gosselin. *Paris, Labé*, 1857, in-8, fig. demi-rel. mar. v.

233. Leçons cliniques sur les maladies de l'utérus et de ses annexes, par le Dr F.-A. Arau. *Paris, Labé*, 1858, 2 vol. in-8, br.

234. Des Inflexions de l'utérus à l'état de vacuité, par le Dr J.-P. Picard. *Paris, A. Delahaye*, 1862, gr. in-8, fig. br.

235. Maladies des organes génitaux externes de la femme, par le Dr Alph. Guérin. *Paris, A. Delahaye*, 1864, in-8, br.

236. Traité pratique des maladies de l'utérus et de ses annexes, par A. Courty. *Paris, P. Asselin,* 1866, gr. in-8, fig. cart. n. rog.

237. A Practical Treatise on the ætiology, pathology, and treatment of the congenital malformation of the rectum and anus, by William Aodenhamer. *New-York, S. et W. Wood,* 1860, in-8, fig. cart.

238. Diagnostic différentiel des tumeurs du sein, par M.-A. Bérard. *Paris, Germer Baillière,* 1842, in-8, br.

239. Du Panaris et des inflammations de la main, par le Dr L.-J. Bauchet. *Paris, A. Delahaye,* 1859, in-8, br.

240. Étude sur les plaies par armes à feu, par le Dr L. Vaslin. *Paris, G. Baillière,* 1872, gr. in-8, fig. br.

241. Recherches sur l'opération du strabisme, par L.-A.-H. Boyer. *Paris, G. Baillière,* 1842, gr. in-8, fig. col. demi-rel. v. gris.

242. Traité théorique et pratique des maladies des yeux, par MM. C. Denonvilliers et L. Gosselin. *Paris, Labé,* 1855, in-12, demi-rel. mar. v.

243. Traité des tumeurs de l'orbite, par M. Demarquay. *Paris, V. Masson,* 1860, in-8, br.

244. Du Diagnostic des maladies des yeux à l'aide de l'ophthalmoscope et de leur traitement, par J.-D. Guérineau. *Paris, P. Asselin,* 1860, in-8, demi-rel. mar, v. — Leçons sur l'exploration de l'œil et en particulier sur les applications de l'ophthalmoscope au diagnostic des maladies des yeux, par E. Follin, *Paris, A. Delahaye,* 1863, in-8, fig. col. demi-rel. mar. br.

245. Du Diagnostic différentiel à l'aide de l'ophthalmoscope, des amauroses vraies et simulées devant les conseils de révision, par J.-D. Guérineau. *Paris, P. Asselin,* 1861, in-8, fig. col. br.

246. Leçons sur la cataracte, professées à l'hôpital Saint-Louis, par Em. Foucher. *Paris, V. Masson,* 1868, in-8, fig. br.

247. Introduction à des recherches pratiques sur les maladies de l'oreille qui occasionnent la surdité, par le Dr Deleau jeune. *Paris, Mme Husard,* 1834, in-8, br.

248. Du Bégaiement et de tous les autres vices de la parole, par Colombat de l'Isère. *Paris, Mausul fils,* 1831, in-8, br.

249. Traité médico-chirurgical des maladies des organes de la voix, par Colombat de l'Isère. *Paris, Mansut fils,* 1834, in-8, planches, br.

XI. ACCOUCHEMENTS.

250. Observations importantes sur le Manuel des accouchements, trad. du latin de M. H. de Deventer, par J.-J. Bruier d'Ablaincourt. *Paris, P.-Fr. Giffart*, 1734, in-4, fig. v. marb.

251. Traité des maladies des femmes grosses et de celles qui sont accouchées, par Fr. Mauriceau. *Paris, compagnie des libraires*, 1740, 2 vol. in-4, fig. v. gr.

252. L'Art des accouchements, par Adrien Levret. *Paris, Le Prieur*, 1761, in-8, portr. et fig. v. marb. — Essai sur l'abus des règles générales et contre les préjugés qui s'opposent aux progrès de l'art des accouchements, par le même. *Paris, Prault*, 1766, in-8, fig. bas. — Traité des accouchements en faveur des élèves, par M. F.-A. Deleurye. *Paris, Lambert*, 1770, in-8, v. marb.

253. Traité élémentaire de l'art des accouchements, ou principes de tokologie et d'embryologie, par Alf.-A.-L.-M. Velpeau. *Paris, J.-B. Baillière*, 1829, 2 vol. in-8, demi-rel. v. ant.

254. Traité théorique et pratique d'auscultation obstétricale, par J.-A.-H. Depaul. *Paris, Labé*, 1847, in-8, fig. br.

255. Traité théorique et pratique de l'art des accouchements, par P. Cazeaux. *Paris, F. Chamerot*, 1853, in-8, demi-rel. fig. v. ant.

256. Cours d'accouchement, par D.-N. Bonnet. *Paris, J.-B. Baillère*, 1854, in-8, fig. br.

257. Essai sur l'accouchement physiologique, par A. Mattei. *Paris, V. Masson*, 1855, in-8, br.

258. De la Fièvre puerpérale, par le doct. Tarnier. *Paris, J.-B. Baillère*, 1858, in-8, br. — Etudes sur la maladie dite fièvre puerpérale, par J. Béhier. *Paris, Labé*, 1858, in-8, broch.

XII. PATHOLOGIE INTERNE.

1. *Traités généraux.*

259. Artis medicæ Principes, Hippocrates, Aretæus, Alexander, etc., recensuit, præfatus est Albertus de Haller. *Lausannæ, sumptibus Franc. Grasset*, 1769-74, 11 vol. in-8, basane.

260. Hippocrate, par le doct. Ch.-V. Daremberg. *Paris, Lefèvre*, 1843, in-12, demi-rel. v. v.

261. Épitome des préceptes de médecine et de chirurgie avec amples déclarations des remèdes propres aux maladyes, par P. Pigray. *Parisiis, apud Marcum Orry*, 1609, in-8, titre gravé, vél.

262. Marci Aurelii Severini Tharsiensis in regia schola neapolitana anatomes et chirurgiæ professoris singularis de efficaci medicina, liber III. *Francofurti, apud Joannem Beyerum*, 1646, in-fol. fig. v. marb.

263. Disputationes physico-medico-anatomico-chirurgicæ selectæ, quas collegit, edidit, præfatus est Albertus Hallerus. *Neapoli, Bened. Gessari*, 1756-57, 10 vol. in-4, fig. bas.

264. Gerardi van Swieten Commentaria in Hermanni Boerhaave aphorismos, de cognoscendis et curandis morbis. *Parisiis, apud Guill. Cavelier*, 1769-73, 5 vol. in-4, demi-rel. v. fauve.

265. Frederici Augusti Walter medicinæ doctoris annotationes academicæ. *Berolini, typis G. J. Decker*, 1786, in-4 fig. demi-rel. v. f.

266. Œuvres complètes de Bordeu. *Paris, Caille et Ravier*, 1818, 2 vol. in-8, demi-rel. v. r.

267. De l'Accroissement de la médecine pratique, par G. Baglivi, trad. nouvelle par le doct. J. Boucher. *Paris, Labé*, 1851, in-8, br.

268. Instituts de médecine pratique de Jean-Baptiste Borsieri de Kanifeld, trad. par le doct. P.-E. Chauffard. *Paris, V. Masson*, 1856, 2 vol. in-8, br.

269. Traité élémentaire et pratique de pathologie interne, par A. Grisolle. *Paris, V. Masson*, 1846, 2 vol. in-8, demi-rel. v. bleu.

270. Traité élémentaire de pathologie interne, par MM. A. Hardy et J. Béhier. *Paris, Labé*, 1846-50, 2 tom. en 3 vol. in-8, br.

271. Traité élémentaire et pratique de pathologie interne, par Grisolle. 5e édition. *Paris, V. Masson*, 1852, 2 vol. in-8, demi-rel. mar. v.

272. Cours théorique et chimique de pathologie interne et de thérapie médicale, par E. Gintrac. *Paris, G. Baillière*, 1853-68, 7 vol. in-8, br.

273. Nouveaux Éléments de pathologie générale et de séméiologie, par E. Bouchut. *Paris, J.-B. Baillière*, 1857, in-8, fig. br.

274. Traité de pathologie générale, par M. Ed. Monneret. *Paris, Béchet,* 1857-61, 3 tom. en 4 vol. in-8, br.

275. Guide du médecin praticien, ou résumé général de pathologie interne et de thérapeutique appliqués, par F.-L.-J. Valleix. 4e édition, revue par MM. V.-A. Rach et P. Lorain. *Paris, J.-B. Baillière,* 1860, 3 vol. in-8, br.

276. Principes de pathologie générale, par P.-Em. Chauffard. *Paris, F. Chamerot,* 1862, in-8, br.

277. Essai de pathologie et clinique médicales, par H. Guinier. *Paris, G. Baillière,* 1866, in-8, br.

278. Leçons de pathologie expérimentale, par le doct. Sée. 1er fascicule : Du sang et des anémies. *Paris, P. Asselin,* 1866, in-8, cart.

279. Traité de pathologie interne, par S. Jaccoud. *Paris, A. Delahaye,* 1869-1871, 2 vol. in-8, fig. br.

280. Nouveaux Éléments de pathologie générale et de séméiologie, par E. Bouchut. *Paris, J.-B. Baillière,* 1869, in-8, fig. br.

281. Traité de pathologie interne, par S. Jaccoud. *Paris, A. Delahaye,* 1870-71, 2 vol. in-8, fig. br.

282. Traité élémentaire de diagnostic, de pronostic, d'indications thérapeutiques, ou cours de médecine clinique, par M. L.-N. Rostan. *Paris, Béchet jeune,* 1826, 3 vol. in-8, demi-rel. v. r.

283. Recueil d'observations et de mémoires de clinique médicale et d'hygiène publique, par Henri Gintrac. *Bordeaux,* 1863, in-12, demi-rel. mar. n.

284. Leçons de clinique médicale, par R.-J. Graves, trad. par le doct. Jaccoud. *Paris, A. Delahays,* 1863, 2 vol. in-8, broché.

285. Conférences de clinique médicale faites à la Pitié (1861-1862), par J. Béhier. *Paris, P. Asselin,* 1864, in-8, br.

286. Études de médecine clinique, par P. Lorain et Le Pouls. *Paris, J.-B. Baillière,* 1870, in-8, fig. br.

287. Traité de la contagion, pour servir à l'histoire des maladies contagieuses et des épidémies, par le doct. Charles Anglada. *Paris, J.-B. Baillière,* 1853, 2 vol. in-8, br.

288. Traité pratique des maladies des nouveau-nés et des enfants à la mamelle, par E. Bouchut. *Paris, J.-B. Baillière,* 1855, in-8, br.

289. Recherches sur les maladies des enfants nouveau-nés, par V. Seux. *Paris, J.-B. Baillière,* 1855-63, 2 vol. in-8, br.

290. Traité pratique des maladies de l'enfance fondé sur de nombreuses observations cliniques, par F. Barbier. *Paris, F. Chamerot*, 1861, 2 vol. gr. in-8, br.

291. Séméiotique des maladies de l'enfance, par Henri Roger. *Paris, P. Asselin*, 1864, in-8, br.

292. Traité pratique des maladies des nouveau-nés, des enfants à la mamelle et de la seconde enfance, par E. Bouchut. *Paris, J. Baillière*, 1862, in-8, fig. br.

293. Des Grandes Épidémies et de leur prophylaxie internationale, avec le texte des lois, décrets, arrêtés, ordonnances et instructions qui s'y rattachent, par Léon Depautaine. *Paris, J.-B. Baillière*, 1868, in-8, br.

294. Recherches cliniques sur les maladies de l'enfance, par le doct. Henri Roger (tome I). *Paris, P. Asselin*, 1872, in-8, br.

2. *Monographies.*

295. Traité du ramollissement du cerveau, par Max. Durand-Fardel. *Paris, J.-B. Baillière*, 1843, in-8, br.

296. De l'Électrisation localisée et de son application à la physiologie, à la pathologie et à la thérapeutique, par le doct. Duchesne de Boulogne. *Paris, J.-B. Baillière*, 1855, in-8, fig. demi-rel. mar. citr.

297. De l'État nerveux aigu et chronique, ou nervosisme, par E. Bouchut. *Paris, J.-B. Baillière*, 1860, in-8, br.

298. Du Diagnostic des maladies du système nerveux par l'ophthalmoscopie, par E. Bouchut. *Paris, Germer-Baillière*, 1866, in-8 et atlas, br.

299. De la Paralysie diphthérique. Recherches cliniques sur les causes, la nature et le traitement de cette affection, par le doct. V.-P.-A. Maingault. *Paris, J.-B. Baillière*, 1860, in-8, br.

300. De l'Ataxie locomotrice et en particulier de la maladie appelée ataxie locomotrice progressive, par le doct. P. Topinard. *Paris, J.-B. Baillière*, 1864, in-8, br.

301. Contributions à l'histoire des paralysies puerpérales, par A. Charpentier. *Paris, A. Delahaye*, 1878, in-8, br.

302. Traité chimique et thérapeutique de l'hystérie, par le docteur P. Briquet. *Paris, J.-B. Baillière*, 1859, in-8, broché.

303. Traité théorique et pratique de la chlorose, avec une étude spéciale sur la chlorose des enfants, par Aug. Monat. *Paris, A. Delahaye*, 1864, in-8, br.

304. De l'Aliénation mentale et du crétinisme en Suisse, par le docteur L. Lunier. *Paris, F. Savy*, 1868, in-8, br.

305. Du Suicide et de la folie suicide, considérés dans leurs rapports avec la statistique, la médecine et la philosophie, par A. Brière de Boismont. *Paris, G. Baillière*, 1856, in-8, broché.

306. Recherches cliniques sur l'auscultation des organes respiratoires, et sur la première période de la phthisie pulmonaire, par M. J. Fournet. *Paris, Chaudé*, 1839, 2 vol. in-8, brochés.

307. Traité de l'angine glanduleuse et observations sur l'action des Eaux-Bonnes dans cette affection, par Noël Guéneau de Mussy. *Paris, V. Masson*, 1857, in-8, br.

308. Traité de l'angine glanduleuse, par Noël Guéneau de Mussy. *Paris, V. Masson*, 1857, in-8, fig. br.

309. Leçons cliniques sur les causes et sur le traitement de la tuberculisation pulmonaire, par Noël Guéneau de Mussy. *Paris, Delahaye*, 1860, in-8, br.

310. De la Granulée, ou Maladie granuleuse, par G.-S. Empis. *Paris, P. Asselin*, 1865, in-8, br.

311. De la Phthisie pulmonaire, par MM. Hérard et V. Cornil. *Paris, G. Baillière*, 1867, in-8, fig. br.

312. Étude sur les maladies de cœur, par Maurice Raynaud. *Paris, J.-B. Baillière*, 1868, gr. in-8, fig. br.

313. Traité clinique et expérimental des embolies capillaires, par V. Feltz. *Paris, J.-B. Baillière*, 1870, gr. in-8, fig. br.

314. Étude clinique et expérimentale des embolies capillaires, par V. Feltz. *Paris, J.-B. Baillière*, 1868, gr. in-8, fig. col. br.

315. Recherches cliniques et anatomiques sur les affections pseudo-membraneuses, por A. Laboulbène. *Paris, P. Asselin*, 1861, gr. in-8, fig. col. br.

316. Monographie clinique de l'affection catarrhale, par J. Fuster. *Montpellier, Gras*, 1861, in-8, br.

317. La Goutte, sa nature, son traitement, et le rhumatisme goutteux, par Alfred Baring Garrot, trad. de l'anglais par Aug. Ollivier. *Paris, A. Delahaye*, 1867, in-8, fig. br.

318. De la Stomatite ulcéreuse des soldats et de son identité avec la stomatite des enfants, par le docteur E.-J. Bergeron. *Paris, Labé*, 1859, in-8, br.

319. Traité des dyspepsies, par Aug. Nonat. *Paris, A. Delahaye*, 1862, in-8, br.

320. Recherches sur les injections utérines en dehors de l'état puerpéral, par le docteur Amb. Guichard. *Paris, A. Delahaye*, 1870, gr. in-8, br.

321. Traité expérimental et clinique d'auscultation, appliquée à l'étude des maladies de poumon et de cœur, par le docteur J.-H.-S. Beau. *Paris, J.-B. Baillière*, 1856, in-8, br.

322. Traité de plessimétrisme et d'organographisme, par P.-A. Piorry. *Paris, A. Delahaye*, 1866, in-8, fig. br.

323. Essai de pneumatologie médicale. Recherches physiologiques, cliniques et thérapeutiques sur les gaz, par J.-N. Demarquay. *Paris, J.-B. Baillière*, 1866, in-8, fig. broché.

324. Découverte des causes des épizooties et des épidémies typhoïdes, causes et distinction de deux genres de charbon, par L.-E. Plasse. *Paris, V. Masson*, 1849, in-8, carte, br.

325. Recherches anatomo-pathologiques et cliniques sur quelques maladies de l'enfance, par F.-L. Legendre. *Paris, V. Masson*, 1846, in-8, br.

326. Les Trois Fléaux : le Choléra épidémique, la Fièvre jaune et la Peste, par P. Foissac. *Paris, J.-B. Baillière*, 1865, in-8, br.

327. Essai sur la Nautie (mal de mer), par Ausaldo Feletit de Bologne, trad. de l'italien par l'auteur. Grand in-8, mar. r. fil.

XIII. — AFFECTIONS CUTANÉES. — SYPHILIS.

328. Traité pratique des maladies de la peau, par Alphonse Devergée. *Paris, V. Masson*, 1854, in-8, fig. col. br.

329. Leçons théoriques et cliniques sur les affections cutanées parisitaires, par le docteur Bazin. *Paris, A. Delahaye*, 1858, in-8, fig. br.

330. Leçons théoriques et cliniques sur les syphilides, par MM. Bazin et L. Fournier. *Paris, A. Delahaye*, 1859, in-8, broché.

331. Traité pratique des maladies de la peau et de la syphilis, par C.-M. Gibert. *Paris, H. Plon*, 1860, 2 vol. in-8, br.

332. Pathologie générale des maladies de la peau, par le docteur Alphée Cazenave. *Paris, P. Daffis*, 1868, in-8, br.

333. Des Affections nerveuses syphiltiques, par MM. Léon Gros et E. Lancereau. *Paris, A. Delahaye*, 1861, in-8, broché.

334. Leçons sur les affections cutanées dartreuses, professées à l'hôpital Saint-Louis, par le docteur Hardy. *Paris, A. Coccoz*, 1862, in-8, br.

335. Traité de la pellagre par le docteur E. Billot. *Paris, V. Masson*, 1865, in-8, br.

336. Traité de la pellagre et des pseudo-pellagres, par le docteur Théophile Roussel. *Paris, J.-B. Baillière*, 1866, in-8, br.

337. Etiologie et prophylaxie de la pellagre, par le docteur A. Costallat. *Paris, J.-B. Baillière*, 1868, in-8, br.

338. Exposition raisonnée des différentes méthodes d'administrer le mercure dans les maladies vénériennes, par M. de Horne. *Paris, Monory*, 1774, in-8. — Observations sur les différentes méthodes d'administrer le mercure dans les maladies vénériennes, par le même. *Paris, Monory*, 1779, 2 vol.; ensemble 3 vol. in-8, mar. r. fil. tranche dorée. (*Aux armes.*)

339. Traité des maladies syphilitiques, par L.-V. Lagneau. *Paris, Gabon*, 1828, 2 vol. in-8, demi-rel. v. br.

340. Mémoires et observations, par Philippe Ricord. *Paris*, 1834, in-8, demi-rel. bas.

341. Traité des affections de la peau symptomatiques de la syphilis. *Paris, J.-B. Baillière*, 1852, in-8, mar. r. compart. tr. dor.

342. Histoire de la blennorrhée urétrale, par H.-M.-J. Desruelles. *Paris, J.-B. Baillière*, 1854, in-8, br.

343. Recherches cliniques et expérimentales sur la syphilis, le chancre simple et la blennorrhagie, par J. Rollet. *Paris, J.-B. Baillière*, 1861, in-8, br.

344. Traité théorique et pratique des maladies vénériennes, par le docteur Langlebert. *Paris, F. Savy*, 1864, in-8, fig. br.

XIV. CHIMIE.

345. Œuvres de Lavoisier, publiées par les soins de S. E. le ministre de l'instruction publique et des cultes. (Tomes

2 et 3.) Mémoires de chimie et de physique. *Paris, Impr. impériale*, 1862-65, 2 vol. in-4, cart.

346. Chimie appliquée à la physiologie et à la thérapeutique, par M. le docteur Mialhe. *Paris, V. Masson*, 1856, in-8, broché.

347. Rapport méthodique sur les progrès de la chimie organique pure en 1866, par L. Micé. *Paris, J.-B. Baillière*, 1869, gr. in-8, br.

348. Traité de chimie hydrologique, par J. Lefort. *Paris, V. Masson*, 1859, in-8, br.

349. Traité de pharmacie théorique et pratique, par E. Soubeiran. *Paris, V. Masson*, 1852, 2 vol. in-8, br.

350. Commentaires thérapeutiques du codex médicamentarius, par Adolphe Gubler. *Paris, J.-B. Baillière*, 1868, gr. in-8, cart.

351. Iodothérapie, ou de l'emploi médico-chirurgical de l'iode et de ses composés et particulièrement des injections iodées, par A.-A. Boinet. *Paris, V. Masson*, 1855, in-8, demi-rel. mar. v.

352. De la Glycérine, de ses applications à la chirurgie et à la médecine, par M. Demarquay. *Paris, P. Asselin*, 1863, in-8, broché.

353. De l'Emploi thérapeutique des préparations arsenicales, par le docteur A. Millet (de Tours). *Paris, F. Savy*, 1865, in-8, br.

354. Histoire des falsifications des substances alimentaires et médicamenteuses, par Hureaux. *Paris, G. Baillière*, 1855, in-8, br.

XV. HISTOIRE NATURELLE.

355. Œuvres de Pierre Camper, qui ont pour objet l'histoire naturelle, la physiologie et l'anatomie comparée. *Paris, H.-J. Jansen*, 1803, 3 vol. in-8, demi-rel. v. v. et atlas in-folio.

356. Tableau élémentaire de l'histoire naturelle des animaux, par G. Cuvier. *Paris, Baudouin, an VI*, in-8, demi-rel. v. fauve.

357. Le Règne animal, distribué d'après son organisation par M. le baron Cuvier. *Paris, Déterville*, 1829, 5 vol. in-8, demi-rel. v. f.

358. Rapport historique sur les progrès des sciences naturelles depuis 1789, et sur leur état naturel, par M. Cuvier. *Paris, F. Didot,* 1827, in-8, demi-rel. v. ant.

359. Éléments des sciences naturelles, par A.-M. Constant-Duméril. *Paris, Déterville,* 1825, 2 vol. in-8, fig. v. r.

360. Zoologie médicale, exposé méthodique du règne animal basé sur l'anatomie, l'embryogénie et la paléontologie, par MM. P. Gervais et P.-J. van Beneden. *Paris, J.-B. Baillière*, 1859, 2 vol. in-8, fig. br.

361. De la Conformation du cheval, par M. A. Richard. *Paris,* 1847, in-8, fig. br.

362. Études médicales sur les serpents de la Vendée et de la Loire-Inférieure, par le docteur A. Viaud-Grand-Marais. *Paris*, 1867-69, gr. in-8, fig. br.

363. Anatomie des vers intestinaux ascaride, lombricoïde et échinorhynque géant, par Jules Cloquet. *Paris, Crevot,* 1824, in-4, fig. br.

364. Catalogue raisonné des plantes vasculaires du plateau central de la France, par MM. H. Lecoq et Martial Lamotte. *Paris, V. Masson*, 1848, in-8, br.

365. Description des roches composant l'écorce terrestre, et des terrains cristallins constituant le sol primitif, rédigée d'après P.-L.-A. Cordier, par Ch. d'Orbigny. *Paris, Savy,* 1868, in-8, br.

366. Recherches sur les météores et sur les lois qui les régissent, par Coulvier-Gravier. *Paris, Mallet-Bachelier,* 1859, in-8, fig. v. viol. fil. tr. dor.

367. Histoire et description du Muséum royal d'histoire naturelle, par M. Deleuze. *Paris, A. Royer*, 1823, in-8, fig. v. ant.

XVI. HYDROTHÉRAPIE.

368. Traité pratique et raisonné d'hydrothérapie, par L. Fleury. *Paris, Labé,* 1852, in-8, br.

369. Hydrothérapie générale du véritable mode d'action des eaux de mer en particulier, des eaux thermo-minérales, et de l'eau simple en général, par A.-H.-A. Dauvergne. *Paris, Labé,* 1853, in-8, br.

370. Traité général pratique des eaux minérales de la France et de l'étranger, par MM. J.-E. Pétrequin et A. Socquet. *Lyon, N. Scheuring*, 1859, gr. in-8, br.

371. Les Bains de mer, guide médical et hygiénique du baigneur, par M. J. Le Cœur (de Caen). *Paris*, *Labé*, 1846, 2 vol. gr. in-8, br.

372. Guide médical des Antilles et des régions intertropicales, à l'usage de tous les habitants de ces contrées, par M. G. Levacher. *Paris*, 1847, in-8, br.

373. Études sur les eaux minérales d'Uriage près Grenoble, par J. Vulfranc Gerdy. *Paris*, *Labé*, 1849, in-8, fig. br.

374. Du Mode d'action des eaux minérales de Vichy et de leurs applications thérapeutiques, par Ch. Petit. *Paris*, *J.-B. Baillière*, 1850, in-8, br.

XVII. HYGIÈNE.

375. Traité spécial d'hygiène des familles, particulièrement dans ses rapports avec le mariage, au physique et au moral, et les maladies héréditaires, par le docteur Francis Devay. *Paris*, *Labé*, 1838, in-8, br.

376. Traité d'hygiène thérapeutique, ou application des moyens de l'hygiène au traitement des maladies, par F. Ribes. *Paris*, *J.-B. Baillière*, 1860, in-8, br.

377. Traité pratique d'hygiène industrielle et administrative, par le docteur Maxime Vernois. *Paris*, *J.-B. Baillière*, 1860, 2 vol. in-8, br.

378. Traité théorique et pratique de gymnastique, par Louis Lenoël. *Paris*, *J. Delalain*, 1861, in-8, fig. br.

379. Applications de la gymnastique à la guérison de quelques maladies, avec des observations sur l'enseignement actuel de la gymnastique, par Napoléon Laisné. *Paris*, *L. Leclere*, 1865, in-8, pap. vél. br.

XVIII. MÉDECINE LÉGALE.

380. Médecine légale, théorique et pratique, par Alph. Devergie. *Paris*, *G. Baillière*, 1852, 3 vol. in-8, br.

On a joint une lettre autographe de l'auteur à M. Denonvilliers.

XIX. THÈSES ET MÉMOIRES DE MÉDECINE.

381. COLLECTION DE THÈSES soutenues à la Faculté de médecine de Paris. Années 1846 à 1858, 187 vol. in-4, demi-rel. bas.

382. Concours pour l'agrégation en médecine. Thèses soutenues par MM. Axenfeld, Barnier, Hervieux, Fournier, Leveu, Peter, Raynaud, etc. *Paris,* 1857, 1860, 1863, 1866, 1869, 5 vol. in-4, demi-rel. v. bl.

383. Mémoires et observations cliniques de médecine et de chirurgie, par L. Morand. *Tours, R. Pornin,* 1844, in-8, br.

384. Recueil d'observations rares de médecine et de chirurgie, par Pierre de Marchettis, trad. en français par Aug. Warmont. *Paris, A. Coccoz,* 1858, in-8, br.

385. Mémoires physiologiques et d'histoire naturelle, par M. E.-J.-P. Housset. *Auxerre,* 1787, 2 tom. en 1 vol. in-8, demi-rel. v.

386. Essai sur l'iconologie médicale, par J. Lordat. *Montpellier,* 1833, in-8, br. — Rappel des principes doctrinaux de la constitution de l'homme, énoncés par Hippocrate, démontrés par Barthez et développés par le professeur Lordat. *Paris, J.-B. Baillière,* 1857, in-8, br.

387. Mémoires pratiques de médecine, de chirurgie et d'accouchements, par le docteur A. Bourdel. *Montpellier,* 1859, in-8, fig. br.

388. Recueil d'environ 1000 pièces sur la médecine, classées par M. Denonvilliers.

Généralités. — Thérapeutique chirurgicale. — Maladies de la peau, des artères et des veines. — Maladies des yeux. — Anatomie. — Physiologie, etc., etc.

XX. PHILOSOPHIE. — ÉDUCATION. — HISTOIRE.

389. Nouvelle Loi morale et religieuse de l'humanité, par le docteur Félix Voisin. *Paris, J.-B. Baillière,* 1862, gr. in-8, broché.

390. Système physique et moral de la femme, suivi d'un fragment du système physique et moral de l'homme, et d'un essai sur la sensibilité, par Roussel. *Paris, Caille et Ravier,* 1820, in-8, fig. demi-rel. v. ant.

391. Œuvres de Bacon, trad. par M. F. Riaux. *Paris, Charpentier,* 1843, 2 vol. in-12, demi-rel. v. bl.

392. Œuvres de Leibniz. *Paris, Charpentier,* 1842, 2 vol. in-12, v. f.

393. Traité des facultés de l'âme, comprenant l'histoire des principales théories psychologiques, par Adolphe Garnier. *Paris, L. Hachette,* 1852, 3 vol. in-8, mar. bl. tr. dor.

394. Des Causes de l'indigence et des moyens d'y remédier, par J. Druhen. *Paris, J. Lecoffre*, 1850, in-8, br.

395. De l'Indigence et de la bienfaisance dans la ville de Besançon, par le docteur Druhen. *Besançon*, 1860, in-8, br.

396. Circulaires et instructions officielles relatives à l'instruction publique, années 1802 à 1863. *Paris, J. Delalain*, 1863-67, 5 vol. in-8, demi-rel. v. v.

397. Recueil des lois et règlements concernant l'instruction publique. *Paris, Brunot-Labbe*, 1814-1828, 9 vol. — Bulletin universitaire concernant l'instruction publique. *Paris, Impr. royale*, 1828-1849, 13 vol. — Bulletin administratif de l'instruction publique. *Paris, P. Dupont*, 1850-1863, 10 vol. — Nouveau Bulletin administratif de l'instruction publique. *Paris, Impr. impériale*, 1864-1869, 11 vol. Ensemble 43 vol. in-8, demi-rel.

398. Instruction pour le peuple: cent traités sur les connaissances les plus indispensables, par MM. Aleau, Denonvilliers, Reybaud, etc. *Paris, J.-J. Dubochet*, 1848-50, 2 vol. gr. in-8, fig. demi-rel. v. f.

399. Lucrèce. De la Nature des choses, en vers français, par de Pongerville, texte en regard. *Paris, Armand Le Chevalier*, 1866, 2 vol. gr. in-8, br.

400. A French and English Dictionary by the R. J. Wilson. *London, Bohn*, 1856, gr. in-8, demi-rel. mar. n.

401. Études médicales sur les poëtes latins, par P. Ménière. *Paris, G. Baillière*, 1858, in-8, br.

402. Collection complète des pamphlets politiques et opuscules littéraires de Paul-Louis Courier. *Bruxelles*, 1826, in-8, portr. demi-rel. bas.

403. Dictionnaire topographique du département de l'Aisne, par M. Auguste Matton. *Paris, Impr. nationale*, 1871, in-4, br.

404. Dictionnaire topographique du département de la Meuse, par M. Félix Liénard. *Paris, Impr. nationale*, 1872, in-8, broché.

405. Mémoires du cardinal de Retz. *Paris, Heuguet*, 1842, 2 vol. in-12, mar. n.

406. Histoire de la Terreur 1792-1794, par M. Mortimer-Ternaux. *Paris, M. Lévy*, 1863-67, 8 vol. in-8, br.

407. Le Salon littéraire, 1843-44, 4 vol. in-4, demi-rel. v. blanc.

FIN.

TABLE DES DIVISIONS.

FIN DE DA TABLE DES DIVISIONS.

Paris. — Typographie Georges Chamerot, rue des Saints-Pères, 19.

www.ingramcontent.com/pod-product-compliance
Ingram Content Group UK Ltd.
Pitfield, Milton Keynes, MK11 3LW, UK
UKHW022006260726
13994UKWH00004B/1965